AF177774

Tucholsky Wagner Zola Scott Sydow Schlegel
Turgenev Wallace Fonatne Freud
Twain Walther von der Vogelweide Fouqué Friedrich II. von Preußen
Weber Freiligrath Frey
Fechner Fichte Weiße Rose von Fallersleben Kant Ernst Frommel
Richthofen
Engels Fielding Hölderlin
Fehrs Faber Flaubert Eichendorff Tacitus Dumas
Feuerbach Maximilian I. von Habsburg Fock Eliasberg Zweig Ebner Eschenbach
Ewald Eliot Vergil
Goethe Elisabeth von Österreich London
Mendelssohn Balzac Shakespeare Dostojewski Ganghofer
Trackl Lichtenberg Rathenau Doyle Gjellerup
Stevenson Hambruch
Mommsen Tolstoi Lenz Hanrieder Droste-Hülshoff
Thoma von Arnim
Dach Verne Hägele Hauff Humboldt
Reuter Rousseau Hagen Hauptmann Gautier
Karrillon Garschin Baudelaire
Damaschke Defoe Hebbel
Descartes Hegel Kussmaul Herder
Wolfram von Eschenbach Dickens Schopenhauer Rilke George
Bronner Darwin Melville Grimm Jerome
Campe Horváth Aristoteles Bebel Proust
Bismarck Vigny Barlach Voltaire Federer Herodot
Gengenbach Heine
Storm Casanova Tersteegen Gilm Grillparzer Georgy
Chamberlain Lessing Langbein Gryphius
Brentano Lafontaine
Strachwitz Claudius Schiller Kralik Iffland Sokrates
Katharina II. von Rußland Bellamy Schilling
Gerstäcker Raabe Gibbon Tschechow
Löns Hesse Hoffmann Gogol Wilde Vulpius
Luther Heym Hofmannsthal Klee Hölty Morgenstern Gleim
Roth Heyse Klopstock Kleist Goedicke
Luxemburg Puschkin Homer Mörike Musil
Machiavelli La Roche Horaz
Navarra Aurel Musset Kierkegaard Kraft Kraus
Nestroy Marie de France Lamprecht Kind Kirchhoff Hugo Moltke
Laotse Ipsen Liebknecht
Nietzsche Nansen Ringelnatz
Marx Lassalle Gorki Klett Leibniz
von Ossietzky May Irving
vom Stein Lawrence
Petalozzi Platon Knigge
Pückler Michelangelo Kafka
Sachs Poe Liebermann Kock
de Sade Praetorius Mistral Zetkin Korolenko

Der Verlag tredition aus Hamburg veröffentlicht in der Reihe **TREDITION CLASSICS** Werke aus mehr als zwei Jahrtausenden. Diese waren zu einem Großteil vergriffen oder nur noch antiquarisch erhältlich.

Symbolfigur für **TREDITION CLASSICS** ist Johannes Gutenberg (1400 — 1468), der Erfinder des Buchdrucks mit Metalllettern und der Druckerpresse.

Mit der Buchreihe **TREDITION CLASSICS** verfolgt tredition das Ziel, tausende Klassiker der Weltliteratur verschiedener Sprachen wieder als gedruckte Bücher aufzulegen – und das weltweit!

Die Buchreihe dient zur Bewahrung der Literatur und Förderung der Kultur. Sie trägt so dazu bei, dass viele tausend Werke nicht in Vergessenheit geraten.

Merkwürdiges Beispiel einer weiblichen Rache

Friedrich Schiller

Impressum

Autor: Friedrich Schiller
Umschlagkonzept: toepferschumann, Berlin

Verlag: tradition GmbH, Hamburg
ISBN: 978-3-8424-7076-7
Printed in Germany

Friedrich von Schiller

Merkwürdiges Beispiel einer weiblichen Rache

Der Marquis von A*** war ein junger Mann, der seinem Vergnügen lebte, liebenswürdig und angenehm, der aber übrigens so so von der weiblichen Tugend dachte. Dennoch fand sich eine Dame, die ihm ziemlich zu schaffen machte; sie nannte sich Frau von P***, eine reiche Witwe von Stande, voll Klugheit, Artigkeit und Welt, aber stolz und von hehrem Geist.

Der Marquis brach alle seine vorherigen Verbindungen ab, um nur allein für diese Dame zu leben. Ihr machte er den Hof mit der größten Geflissenheit, brachte ihr alle ersinnliche Opfer, sie von der Heftigkeit seiner Neigung zu überführen, und trug ihr endlich sogar seine Hand an. Aber die Marquisin, die es noch nicht vergessen konnte, wie unglücklich ihre erste Heirat gewesen, wollte sich lieber jedem andern Ungemach des Lebens als einer zweiten aussetzen.

Diese Frau lebte sehr eingezogen. Der Marquis war ein alter Bekannter ihres verstorbenen Mannes gewesen; sie hatte ihm damals den Zutritt gestattet und auch nachher verschloß sie ihm ihre Türe nicht.

Die weibliche Sprache der Galanterie konnte an einem Manne von Welt nicht mißfallen. Die Beharrlichkeit seiner Bewerbung, von seinen persönlichen Eigenschaften begleitet, seine Figur, seine Jugend, der Anschein der innigsten wahrhaftigsten Liebe und dann wiederum die einsame Lebensart dieser Dame, ein Temperament, zur zärtlichen Empfindung geschaffen, mit einem Wort alles, was ein weibliches Herz nur verführen kann, tat auch hier seine Wirkung. Frau von P*** ergab sich endlich nach einer monatlangen fruchtlosen Gegenwehr und dem hartnäckigsten Kampf mit sich selber. Unter den gehörigen Formalitäten eines heiligen Schwurs war der Marquis der Glückliche – er wäre es auch geblieben, hätte anders sein Herz den zärtlichen Gesinnungen, die es damals so feierlich angelobte und die ihm so zärtlich erwidert wurden, getreu bleiben zu wollen.

Einige Jahre waren so dahingeflossen, als es dem Marquis einfiel, die Lebensart der Dame etwas einförmig zu finden. Er schlug ihr vor, in Gesellschaft zu gehen, sie tat's – Besuche anzunehmen, sie willigte ein – Tafel zu geben, auch darin gab sie ihm nach. Endlich und endlich fing ein Tag, fingen mehrere Tage an, zu verstreichen, und kein A*** ließ sich sehen. Er fehlte bei der Mittagstafel – beim Abendessen. Geschäfte drängten ihn, wenn er bei ihr war; er fand für nötig, seinen Besuch diesmal abzukürzen. Wenn er kam, murmelte er eins, zwei Worte, streckte sich im Sofa, ergriff etwa diese oder jene Broschüre, warf sie weg, schäkerte mit seinem Hund oder schlief zuletzt gar ein. Es wurde Abend – seine schwächliche Gesundheit riet ihm, zeitlich nach Hause zu gehen, das hatte ihm Tronchin ausdrücklich befohlen, und Tronchin, das ist wahrhaftig und wahr, Tronchin ist ein unvergleichlicher Mann – und damit nahm er Stock und Hut und wischte fort, vergaß in seiner Zerstreuung auch wohl gar, Madame beim Abschied zu umarmen. Frau von P*** empfand, daß sie nicht mehr geliebt ward; aber sie mußte sich überzeugen, und das machte sie ohngefähr auf folgende Art:

Einmal, als sie eben abgespeist hatten, fing sie an:

»Warum so in Gedanken, Marquis?«

»Warum *Sie*, gnädige Frau?«

»Es ist auch wahr, und noch dazu in so traurigen.«

»Wie denn das?«

»Nichts.«

»Das ist nicht wahr, Madame! Frei heraus« – und dabei gähnte er – »gestehen Sie mir: was ist Ihnen? – das wird uns beide aufmuntern.«

»Hätten Sie das hier so nötig?«

»Nicht doch – Sie wissen ja – Man hat so gewisse Stunden –«

»Wo man verdrießlich sein muß?«

»Nein, Madame, nein, nein – Sie haben unrecht, bei meiner Ehre, Sie haben unrecht. Es ist nichts. Ganz und gar nichts. Es gibt manchmal so Augenblicke – Ich weiß selbst nicht, wie ich mich ausdrücken soll.«

»Lieber Freund, schon eine Zeitlang drückt mich etwas auf dem Herzen, das ich Ihnen sagen wollte, aber immer war mir bange, es würde Sie beleidigen.«

»Mich beleidigen? Wie?«

»Vielleicht – aber Gott ist mein Zeuge, daß ich unschuldig bin. Ohne meinen Willen, ohne mein Wissen hat sich das nach und nach so gegeben. Es kann nicht anders – es muß en Fluch Gottes sein, der dem ganzen Menschengeschlecht gilt, weil auch ich – ich selbst so gar keine Ausnahme mache.«

»Ah Madame – Sie besorgen etwa – hm – und was ist es denn?«

»Was es ist? – O ich bin unglücklich – auch Sie werd' ich unglücklich machen. – Nein, Marquis, besser, ich schweige still.«

»Reden Sie frei, meine Liebe. Sollten Sie vor mir Geheimnisse haben? Sollten Sie nicht mehr wissen, daß es die erste Bedingnis unsrer Vertraulichkeit war, einander nichts zu verschweigen?«

»Das eben ist's, was mir Kummer macht. Was Sie mir jetzt vorwerfen, Marquis, hat noch vollends gefehlt, meine Strafbarkeit aufs höchste zu treiben. – Finden Sie nicht, daß meine vorige Munterkeit ganz dahin ist? – Ich habe keine Lust zum Essen und Trinken mehr. Auch sogar schlafen mag ich nicht mehr. Unser vertrauter Umgang fängt nachgerade an, mir zuwider zu werden. Oft um Mitternacht frage ich mich selbst: Ist er denn nicht mehr so liebenswürdig? – Er ist, wie er war. Hast du Ursache, dich über ihn zu beklagen? – Nicht die mindeste. Vielleicht besucht er verdächtige Häuser? – Nichts weniger. Oder findest du ihn vielleicht minder zärtlich als ehedem? – Ganz und gar nicht. Aber wenn dein Freund noch der alte ist, so müßtest du ja verwandelt sein? – Du bist's, o gestehe dir's, du bist's. Da ist kein Funke der Sehnsucht mehr, mit der du sonst ihn erwartetest, kein Schatten der Freude mehr, womit du ihn damals empfingest, keine Spur der süßen Beklemmung mehr, wenn er ausblieb, der süßeren Aufwallung, wenn er wiederkam, wenn du hörtest seiner Tritte Klang, wenn man ihn meldete, wenn er hereintrat – O das alles ist vorbei – es ist dahin, er ist dir fremder geworden.«

»Wie, Madame?«

Hier drückte die Dame beide Hände vor's Gesicht, ließ den Kopf herabsinken und schwieg eine Zeitlang still. Endlich sagte sie wieder:

»Ich weiß, was Sie mir antworten können. Ich bin darauf gefaßt, Sie erstaunt zu sehen – mir das Bitterste von Ihnen sagen zu lassen – aber schonen Sie, Marquis – doch nein, nein, schonen Sie nicht. Sagen Sie mir alles. Ich hab' es verdient. Ich muß mir's gefallen lassen. La, lieber Marquis, so ist es – es ist wahr – aber ist es nicht schrecklich genug, daß es so weit kommen mußte – sollte ich auch noch zu *der* Schande herabgesunken sein, Ihnen geheuchelt zu haben? – *Sie* sind, was Sie waren, aber ich bin die nämliche nicht mehr. Noch zwar verehr' ich Sie, verehre Sie so sehr und noch mehr als ehedem, aber – – aber eine Frau, wie Sie mich kennen, eine Frau, die gewohnt ist, die geheimsten Regungen ihres Herzens zu prüfen, sich nirgends zu täuschen, diese Frau kann sich nicht mehr verhehlen, daß die Liebe daraus geflohen ist. Dieses Bekenntnis – o ich fühl' es – es ist das entsetzlichste, aber dennoch nicht minder wahr. – Ich eine Wankelmütige, eine Lügnerin! – Wüten Sie aus, lieber Marquis. Verwünschen Sie mich. Verdammen Sie mich. Brandmarken Sie mich mit dem verhaßtesten Namen! Ich hab' es selbst schon getan! Alles, alles kann ich von Ihnen anhören, nur das einzige nicht, daß ich heuchle, denn das verdien' ich nicht.«

Der Marquis warf sich ihr zu Füßen.

»Treffliche Frau! Göttliche Frau! Frau, wie man keine mehr finden wird. Ihre Freimütigkeit, Ihre Rechtschaffenheit beschämen mich, rühren mich – ich möchte für Scham sterben. Wie groß stehen Sie in diesem Augenblick neben mir, wie klein steh' ich neben Ihnen! Sie haben den Anfang gemacht, zu bekennen – ich machte den Anfang, zu fehlen. Ihre Offenherzigkeit reißt mich hin – ein Ungeheuer müßt' ich sein, wenn ich einen Augenblick anstünde, sie zu erwidern. Ja, Madame, ich kann es nicht leugnen: die Geschichte Ihres Herzens ist Wort für Wort auch die Geschichte des meinigen. Alles, alles, was Sie *sich* gesagt haben, hab' ich auch *mir* gesagt. Doch ich duldete und schwieg – hätte vielleicht noch lange geschwiegen – hätte vielleicht *nie* den Mut gehabt, mich zu erklären.«

»Ist das wirklich wahr, Marquis?«

»Wahr, Madame – und wir können uns als beide Glück wünschen, daß wir zu gleicher Zeit über eine Leidenschaft Meister wurden, die so vergänglich wie die unsrige war.«

»In der Tat, Marquis, ich würde sehr zu beklagen sein, wenn meine Liebe später erloschen wäre als die Ihrige.«

»Sie können sich darauf verlassen, Madame – ich war der erste, bei dem sie aufhörte.«

»Wirklich, mein Herr! Ich fühle so etwas.«

»O meine beste Marquisin! Noch nie fand ich Sie so reizend, so liebenswürdig, so schön ist in dem jetzigen Augenblick. Machten mich meine bisherigen Erfahrungen nicht schüchtern, wer weiß, ob ich Sie nicht heftiger lieben würde als jemals.«

Er nahm, indem er dies sagte, ihre beiden Hände und küßte sie lebhaft. Frau von P*** unterdrückte den tödlichen Gram, der ihr Herz zerriß, und nahm das Wort:

»Aber was nun anfangen, Marquis? – Wir beide, dächte ich, hätten uns keinen Betrug vorzuwerfen. *Sie* haben noch die nämlichen Ansprüche auf meine Achtung wie ehedem – auch *ich* hoffe mein Recht auf die Ihrige nicht ganz vergeben zu haben. Wollen wir fortfahren, uns zu sehen? Wollen wir unsre Liebe in die zärtlichste Freundschaft verwandeln? – Das wird uns künftig alle die traurigen Auftritte ersparen, alle die kleinen Treulosigkeiten, alle die kindischen Neckereien, all den mutwilligen Humor, der eine flüchtige Leidenschaft zu begleiten pflegt. Wir werden das einzige Beispiel in unserer Gattung sein. *Sie* – haben Ihre vorige Freiheit wieder, *mir* – geben Sie die meinige zurück. So reisen wir zusammen durch die Welt. Sie machen mich bei jeder neuen Eroberung zu Ihrer Vertrauten. Ich werde Ihnen kein Geheimnis aus den meinigen machen – versteht sich, wenn ich welche erlebe, denn ich fürchte sehr, lieber Marquis, daß *Sie* mich in *dem* Punkt ein klein wenig scheu gemacht haben – Und so müßt' es denn ganz unvergleichlich gehen. Sie unterstützen mich zuweilen mit Ihrem Rat, ich Sie mit dem meinigen – Und am Ende, wer weiß, was geschehen kann?«

»Allerdings, Madame, und es ist dann so gut als schon ausgemacht, daß Sie bei jeder Vergleichung gewinnen – daß ich von Tag zu Tag wärmer und zärtlicher zu Ihnen zurückkehre, daß mich zuletzt alles, alles wird überwiesen haben, die Marquisin von P*** sei die einzige Frau, die mich glücklich machen kann. Und wenn ich *dann* wieder umkehre, so ist es auch heilig gewiß, daß Sie mich zeitlebens in Ihren Banden behalten.«

»Wie aber, wenn Sie bei Ihrer Wiederkehr mich nicht mehr fänden? – Denn Sie wissen ja, man ist oft wunderlich, Marquis – der Fall könnte kommen, daß mich Eigensinn – Laune – Leidenschaft für einen andern anwandelte, der nicht einmal so viel in Ihren Augen gälte.«

»Allerdings würde mich das kränken, Madame. Aber beklagen dürfte ich mich darum nie. Ich müßte mich einzig und allein an das Schicksal halten, das uns trennte, weil es wollte, und uns wieder zu vereinigen wissen wird, wenn das so sein soll.«

Auf dieses Gespräch folgte eine langweilige Predigt über den Unbestand des menschlichen Herzens, über die Nichtigkeit der Schwüre, über den Zwang der Ehen. Nach kurzen Umarmungen schieden beide voneinander.

So groß der Zwang gewesen, den sich die Dame in der Gegenwart ihres Liebhabers auferlegen mußte, so fürchterlich war der Ausbruch ihres Schmerzens, als er fortgegangen war. »Also ist es wahr,« schrie sie laut aus, »es ist mehr als zu wahr, er liebt mich nicht mehr!« – Nachdem ihre ersten Aufwallungen vorüber waren und sie in stiller Wut über dem erlittenen Schimpfe gebrütet hatte, beschloß sie eine Rache, die ohne Beispiel war, eine Rache zum Schrecken aller Männer, die sich gelüsten lassen, eine Frau von Ehre zu betrügen; und diese Rache führte sie aus.

Die Marquisin hatte ehemals mit einer gewissen Frau aus der Provinz in Bekanntschaft gestanden, die eines Prozesses wegen mit ihrer Tochter, einem Mädchen von großer Schönheit und guter Erziehung, nach Paris gezogen war. Jetzt hatte sie erfahren, daß diese Frau mit ihrem Prozeß ihr ganzes Vermögen verloren hatte und dahin gebracht worden war, ein Haus der Freude zu unterhalten. Man kam da zusammen, man spielte, man speiste zu Abend, und gemeiniglich blieb einer oder zwei von den Gästen die Nacht über dort, mit Mutter und Tochter, wie er nun Lust hatte, sich ein Vergnügen zu machen.

Die Marquisin ließ durch einige Bediente diesen Weibspersonen nachspüren; sie wurden ausfindig gemacht und zur Frau von P*** –

ein Name, den sie sich kaum noch zurückrufen konnten – auf einen Besuch gebeten. Die Frauenzimmer, welche sich zu Paris für eine Madame und Mademoiselle Aisnon ausgaben, nahmen die Einladung mit Vergnügen an. Gleich den andern Morgen fand sich die Mutter bei der Marquisin ein, welche das Gespräch sogleich auf ihre jetzige Lebensart zu lenken wußte.

»Frei heraus, gnädige Frau,« antwortete die Alte, »wir leben von einem Handwerk, das leider sehr wenig einträgt, gefährlich und mißlich und obendrein noch eins von den schimpflichsten ist. Mit selbst ist es noch dazu in den Tod zuwider; aber Not bricht Eisen, wie das Sprichwort sagt. Ich war schon halbwegs entschlossen, meine Tochter bei der Opera anzubringen, aber ihre Stimme taugt höchstens für eine Kammersängerin, und außerdem tanzt sie schlecht. Auch habe ich sie, während meines Prozesses und auch nachher, bei den Vornehmen dieser Stadt, bei obrigkeitlichen Personen, bei den Pächtern und geistlichen Herren herumgeführt der Reihe nach; aber die Herren, wie das nun geht, akkordierten immer nur auf eine Zeitlang, und am Ende blieb sie mir denn so sitzen. Nicht etwa, meine gnädige Frau, als ob sie nicht schön wäre wie ein Engel – auch fehlt es ihr weder an Verstand noch Manieren, aber der eigentliche Pfiff für das Gewerbe mangelt ihr ganz und gar, und alle die kleinen Kunstgriffchen, die man anwenden muß, das Männervolk in Atem zu halten.«

»Sind Sie denn sehr bekannt hier?« frug die Marquisin.

»Leider Gottes, nur zu sehr!« sagte die Alte.

»Und, wie ich merke, scheinen Sie beide wenig Lust und Liebe zu Ihrem Gewerbe zu haben?«

»Ganz und gar nicht, und am wenigsten meine Tochter, die mir ohne Aufhören in den Ohren liegt, sie davon wegzunehmen oder lieber ums Leben zu bringen. Obendrein hat sie noch ihre melancholischen Stunden, wo sie vollends gar nicht zu gebrauchen ist.«

»Wenn ich mir also zum Beispiel in den Kopf setzen wollte, Ihr Schicksal auf eine glänzende Art zu verbessern, würden Sie mir wohl beide wenig Schwierigkeiten machen?«

»Das meint' ich auch.«

»Aber die Frage ist, ob Sie mir werden versprechen können, allen Vorschriften, die ich für gut finden könnte Ihnen zu geben, mit der strengsten Genauigkeit nachzuleben?«

»Darauf können Sie zählen, Madame. So hart sie auch sein mögen.«

»Und Ihr Gehorsam ist mir also gewiß, sooft es mir einfallen wird, zu befehlen?«

»Wir werden mit Ungeduld darauf warten.«

»Das ist gut. Jetzt, Madame, gehen Sie nach Hause, Sie sollen gleich meine fernern Verfügungen hören. Unterdessen schaffen Sie alles fort, was Sie an Hausgerät haben; auch Ihre Kleider schaffen Sie fort, die besonders, welche von frecher und schreiender Farbe sind. Das alles würde mit nur meinen Anschlag vereiteln.«

Jene ging. Frau von P*** warf sich in den Wagen und ließ sich in die Vorstädte fahren, welche ihr von der Wohnung Aisnon am weitesten entlegen schienen. Hier mietete sie nicht weit von der Pfarrkirche eine schlechte Wohnung in einem ehrbaren Bürgerhause und ließ solche auf das sparsamste möblieren. Dahin lud sie die beiden Aisnon, übergab ihnen Haus und Wirtschaft und legte ihnen einen schriftlichen Aufsatz von den Lebensregeln vor, die sie künftighin zu befolgen hatten. Sie waren folgende:

»Auf keinen öffentlichen Spaziergang gehen Sie mehr; denn es liegt daran, daß Sie von niemand entdeckt werden.

Sie nehmen keine Besuche an, auch selbst aus Ihrer Nachbarschaft nicht; denn es muß das Ansehen haben, als hätten Sie der Welt gänzlich entsagt.

Gleich von dem morgenden Tag an müssen Sie andächtige Kleider tragen.

Zu Hause werden keine andre als geistliche Bücher geduldet, daß Sie ja keinem Rückfall sich aussetzen.

Ihrem Gottesdienst müssen Sie jeden Werk- und Feiertag mit brünstigem Eifer obliegen.

Sie müssen dahin trachten, daß Sie sich in das Sprachzimmer dieses oder jenes Klosters Eingang verschaffen. Die Plaudereien der Mönche können von Nutzen für Sie werden.

Mit dem Pfarrherrn und den übrigen Geistlichen müssen Sie genau bekannt werden; der Fall könnte kommen, daß man ein Zeugnis von Ihnen verlangte.

Des Monats müssen Sie wenigstens zweimal zur Beichte und zum Abendmahl gehen.

Ihren Familiennamen nehmen Sie wieder an, weil er ehrbarer ist und Nachfrage deswegen geschehen könnte.

Von Zeit zu Zeit streuen Sie kleine Almosen aus, aber ich verbiete Ihnen schlechterdings, welche anzunehmen. Man soll Sie weder für reich noch für dürftig halten.

Zu Hause beschäftigen Sie sich mit Nähen, Stricken, Spinnen und Sticken, und Ihre Arbeiten verkaufen Sie dann in ein Armenhaus.

Ihre Lebensordnung sei äußerst mäßig. Einige schmale Portionen aus dem Gasthaus sind alles, was ich Ihnen erlauben kann.

Die Tochter gehen nie ohne die Mutter, die Mutter nie ohne die Tochter aus. Überhaupt, wo Sie Gelegenheit finden, etwas Erbauliches zu tun, ohne daß es Kosten verursacht, so unterlassen Sie es nie.

Aber einmal für allemal: weder Pfaffen noch Mönchen noch fromme Brüder in Ihren vier Pfählen.

Gehen Sie über die Gasse, so schlagen Sie die Augen jederzeit sittsam zu Boden. In der Kirche sehen Sie nirgends hin als auf Gott.

Ich will gern glauben, daß diese Einschränkung hart ist. Aber in der Länge kann sie nicht dauern, und die Entschädigung wird außerordentlich sein. Gehen Sie nun mit sich selbst zu Rat. Wenn Sie besorgen, daß Ihre Kräfte diesen Zwang nicht aushalten, so gestehen Sie es jetzt frei heraus. Es kann mich weder beleidigen noch befremden. – Ich vergaß vorhin noch anzumerken, daß es sehr wohl getan sein würde, wenn Sie sich die Sprache der Mystiker angewöhnten und die Redensarten der Heiligen Schrift recht geläufig machten. Bei jeder Gelegenheit lassen Sie Ihren Groll gegen die Weltweisen aus, und Voltairen erklären Sie für den Antichrist. – Nunmehr leben Sie wohl. Hier in Ihrem Hause werden wir und schwerlich wieder sehen. Ich bin ja nicht würdig, mit so heiligen Frauen in Gesellschaft zu leben. Doch seien Sie deswegen unbesorgt. Sie sollen mich desto öfter in der Stille besuchen, und dann wollen wir das Verlorene bei verschlossenen Türen hereinbringen.

Aber um was ich Sie bitte – sehen Sie ja zu, daß Sie mir über dem Heiligen nicht im Ernst heilig werden. Die Auslage für Ihre kleine Wirtschaft wird meine Sorge sein. Glückt unser Anschlag, so bedürfen Sie meines Beistands nicht wieder. Sollte er, ohne Ihre Verschuldung, mißlingen, so habe ich Vermögen genug, Ihr Schicksal erträglich zu machen, und unendlich erträglicher, als dasjenige war, dem Sie jetzt mir zu Gefallen entsagen. Aber vor allen Dingen – Gehorsam, blinden unumschränkten Gehorsam gegen meine Befehle, oder ich kann Ihnen weder für jetzt noch fürs Künftige stehen.«

Unter der Zeit, daß unsere zwei Andächtige nach Vorschrift die Welt erbauten und der gute Geruch ihrer Heiligkeit sich ringsum verbreitete, fuhr Frau von P*** nach ihrer Gewohnheit fort, jeden äußerlichen Schein von Achtung und vertraulicher Freundschaft gegen den Marquis zu beobachten. – Willkommen, sooft er sich sehen ließ, nie mürrisch oder ungleich von ihr empfangen, selbst dann nicht, wenn er sich lange hatte vermissen lassen, kramte er alle seine kleinen Abenteuer bei ihr aus, welche sie mit der unbefangensten Lustigkeit anhörte. In jeder Verlegenheit schenkte sie ihm ihre Teilnehmung, ihre Rat – unter der Hand ließ sie auch ein Wort von Verheiratung fallen, jedoch immer mit dem Tone der uneigennützigsten Freundschaft, der auf sie selbst nicht die geringste Beziehung zu haben schien. Wandelte es den Marquis in gewissen Augenblicken an, galant gegen sie zu sein und ihr etwas Schmeichelhaftes zu erweisen – Dinge, worüber man bei Frauenzimmern von so genauer Bekanntschaft sich nie ganz hinwegsetzen kann – so antwortete sie mit einem Lächeln oder schien gar nicht einmal darauf merken zu wollen. Ein Freund wie er, behauptete sie dann, reiche zur Glückseligkeit ihres Lebens hin – ihr erste Jugend wäre vorüber, ihre Leidenschaft ausgelöscht.

»Wie, Madame!« antwortete er voll Verwunderung, »Sie sollten mir also nichts mehr zu beichten haben?«

»Nicht das mindeste mehr.«

»Auch von dem kleinen Grafen nichts, der mir sonst so gefährlich war?«

»Diesem habe ich meine Tür verschlossen. Ich seh' ihn nimmermehr.«

»Das ist aber verwunderlich, Madame, und warum denn?«

»Weil er mir zuwider ist.«

»Gestehen Sie, Madame. Gestehen Sie. Ich lesen in Ihrem Herzen. Sie lieben mich noch immer?«

»Das könnte wohl sein.«

»Und zählen auf meine Wiederkehr?«

»Warum sollt' ich nicht dürfen?«

»Und wenn mir also das Glück – oder das Unglück? – begegnete, rückfällig in meiner Liebe zu werden, würden Sie sich ohne Zweifel nicht wenig darauf zugute tun, über meine vorige Unart einen Schleier zu ziehen?«

»Sie haben eine große Meinung von meiner Gefälligkeit.«

»O Madame, nach dem, was Sie bereits schon getan haben, traue ich Ihnen jede Heldentat zu.«

»Das soll mir unendlich lieb sein.«

»Auf Ehre, Madame. Sie sind eine gefährliche Frau. Das ist ausgemacht.«

So standen die Sachen noch, als schon der dritte Monat verstrichen war; endlich glaubte die Dame, daß der Zeitpunkt erschienen sei, ihre Federn einmal spielen zu lassen. An einem schönen Sommertag, wo der Marquis bei ihr zu Mittag erwartet wurde, befahl sie den beiden Aisnon, im königlichen Garten spazieren zu gehen. Der Marquis erschien bei der Tafel, man trug früher auf als gewöhnlich, man speiste kostbarer, die Unterhaltung war die munterste. Nach Tische brachte sie einen kleinen Spaziergang in Vorschlag, wenn anders der Marquis nichts Wichtigeres darüber versäumte. Es traf sich gerade, daß an eben dem Tag weder Schauspiel noch Opera war. Dies gab Gelegenheit, daß der Marquis zuerst auf den Einfall kam, das königliche Kabinett zu besehen. Nichts konnte der Dame willkommener sein. Die Bestellung wird gemacht ohne Zeitverlust. Die Pferde sind vorgespannt. Man wirft sich in den Wagen. Man eilt nach dem Garten und findet sich auf einmal in einem Gedränge von Welt, begafft alles und sieht nichts, wie das gemeiniglich zu geschehen pflegt.

Nachdem beide das königliche Kabinett verlassen hatten, mischten sie sich unter die andern Spazierenden. Der Weg führte sie durch eine Allee nach der Baumschule, wo Frau von P*** auf einmal ein lautes Geschrei erhub: »Sind sie's? Sie sind's! Nein, ich täusche mich nicht! – Es sind wirklich dieselben!« Und mit den Worten entspringt sie dem Marquis und fliegt unsern beiden frommen Schwestern entgegen. Die junge Aisnon war heute zum Bezaubern; der bescheidene Anzug erlaubte es den Blicken, ganz in das Anschauen der Person hinzuschmelzen. –

»Ah! sind Sie es, Madame?«

»Ich bin's. Ja freilich. Und wie leben Sie denn? Und wie ist es Ihnen die ganze lange Ewigkeit her ergangen?«

»Sie wissen unser Unglück, Madame. Was war zu tun? Wir haben uns eingeschränkt, haben uns nach der Decke gestreckt, weil wir mußten, und einer Welt Lebewohl gesagt, in welcher wir mit der vorigen Anstand nicht mehr auftreten konnten.«

»Aber mich zu verlassen, mich, die doch auch nicht mehr zu der Welt gehört und sie nachgerade so abgeschmackt findet, als sie es auch in der Tat ist! Das war nicht artig, meine Kinder.«

»Mißtrauen, gnädige Frau, ist von jeher die Begleitung des Unglücks gewesen. Die Unwürdigen fürchten so gern, überlästig zu sein – –«

»Überlästig? Sie mir? Wissen Sie auch, daß ich Ihnen das mein Lebenlang nicht mehr vergeben werde?«

»Mir geben Sie die Schuld nicht, gnädige Frau. Wohl hundertmal habe ich die Mama an Sie erinnert. Aber da hieß es immer: Frau von P***? Laß es gut sein, meine Tochter. An uns denkt kein Mensch mehr.«

»Wie ungerecht! Aber setzen wir uns. Lassen Sie uns den Handel gleich auf der Stelle ausmachen. – Hier meine Freundinnen. Der Marquis von A***, ein sehr guter Freund von mir, und der uns nicht im mindesten stören wird. Aber sieh doch, wie Mademoiselle groß geworden ist, wie schön, seitdem wir uns das letztemal sahen!«

»Das danken wir unserer Armut, Madame, die wenigstens unsre Gesundheit behütet. Schauen Sie ihr in die Augen, betrachten Sie diese Arme. – Das können Ordnung und Mäßigkeit, Schlaf und Arbeit und ein gutes Gewissen, und das ist auch nichts Kleines, gnädige Frau.« –

Man setzte sich, man plauderte vertraulich zusammen; die ältere Aisnon sprach gut, die jüngere wenig. Beide beobachteten den Ton der geistlichen Demut, doch ohne sich zu zieren oder zu übertreiben. Lange vorher, eh' es noch Abend wurde, machten die beiden frommen Schwestern den Aufbruch. Man drang in sie, zu bleiben – man stellte vor, daß es noch hoch am Tage wäre; aber die Mutter lispelte der Marquisin – ziemlich laut, versteht sich – in das Ohr, daß sie noch eine Andachtsübung zu verrichten hätten, die sie niemals versäumten. Sie waren schon eine ziemliche Strecke voneinander, als Frau von P*** sich auf einmal besann, nicht nach ihrer Wohnung gefragt zu haben. Gleich sprengte der Marquis zurück, dieses Versehen wieder gutzumachen. Die Adresse der gnädigen Frau ward mit Bereitwilligkeit angenommen, aber alle Bemühungen des Marquis waren umsonst, die ihrige zu erfragen. Er hatte nicht einmal den Mut, ihnen seinen Wagen anzubieten – ein Umstand, der ihm doch, wie er der Frau von P*** nachher selbst gestand, oft genug auf der Zunge schwebte.

Sei erstes war, daß er sich bei der Marquisin umständlicher erkundigte, wer denn eigentliche diese Frauenzimmer wären. – »Zwei Geschöpfe,« war die Antwort, »die wenigstens glücklicher sind als Sie und ich. Sahen Sie die blühende Gesundheit? Die Heiterkeit auf ihrem Angesicht? Die Unschuld, die Sittsamkeit in ihren Reden? Dergleichen erlebt man nicht, sieht man nicht, hört man in unsern Zirkeln nicht. Wir bedauren die Andächtigen, die Andächtigen bedauren uns, und am Ende – wer weiß, ob sie unrecht haben?«

»Aber ich bitte Sie, Madame – Sie werden doch nicht selbst eine Betschwester werden wollen?«

»Warum das nicht?«

»Ich beschwöre Sie, Madame – Ich will doch nicht hoffen, daß unser Bruch, wenn es ja einer sein soll, Sie bis zu *der* Raserei führen werde?«

»Also sähen Sie es lieber, wenn ich dem kleinen Grafen meine Türe wieder öffnete?«

»Tausendmal lieber.«

»Und rieten mir's am Ende wohl noch selbst an?«

»Ohne Bedenken.«

Frau von P*** erzählte dem Marquis, was sie von dem Herkommen und den Schicksalen ihrer Freundinnen wußte, und mischte so viel Interesse, als nur möglich war, in diese Geschichte. Endlich setzte sie hinzu:

»Sie finden hier zwei weibliche Geschöpfe, wie man wenige finden wird, vorzüglich aber die Tochter. Eine Gestalt, wie das Mädchen sie hat, sehen Sie selbst ein, würde ihre Besitzerin zu Paris nie Not leiden lassen, wenn sie Lust hätte, Gebrauch davon zu machen; aber diese Frauenzimmer haben eine ehrenvolle Dürftigkeit einem schimpflichen Überfluß vorgezogen. Der Rest ihres Vermögens ist so klein, daß ich bis diese Stunde nicht begreifen kann, wie sie nur damit auskommen mögen. Da ist Tag und Nacht zu tun. Armut ertragen, wenn man arm geboren worden, ist eine Tugend, deren tausend Menschen fähig sind – aber von dem höchsten Überflusse plötzlich zur höchsten Notdurft herunterzusinken und zufrieden sein und sich obendrein noch glücklich schätzen, ist eine Erscheinung, die ich nimmermehr erklären kann – Sehen Sie, Marquis, so etwas kann nur die Religion. Die Weltweisen haben gut schwatzen. Die Religion ist etwas Herrliches.«

»Für den Unglücklichen ganz gewiß.«

»Und wer ist das nicht – mehr oder weniger – früher oder später?«

»Ich will sterben, Marquisin, wenn Sie nicht noch eine Heilige werden.«

»Als wenn das Unheil so entsetzlich wäre! Wie wenig bedeutet mir dies Leben, wenn ich es mit einer ewigen Zukunft auf die Wage lege.«

»Aber Sie reden ja schon wie ein Apostel.«

»Ich rede wie eine Überzeugte. Wie, mein lieber Marquis, antworten Sie mir doch einmal – aber wahr und ohne Rückhalt – Wenn uns die Freuden und Schrecken jener Welt lebhafter vorschwebten, wie klein würden die Reichtümer dieser Erde vor unsern Augen zusammenschrumpfen? – Wer sonst als ein Rasender würde Lust bekommen, ein junges Mädchen oder eine liebende Gattin an der Seite ihres Gemahls zu verführen, wenn der Gedanke ihn anwandelte: ich kann in ihrer Umarmung sterben und ewig verdammt sein?«

»Und doch ist dies etwas Alltägliches.«

»Weil man nicht mehr an Gott glaubt, weil man von Sinnen ist.«

»Oder, Madame, weil unsre Sitten mit unsrer Religion nichts zu schaffen haben. Aber, liebe Marquisin, wie kommen Sie mir vor? Sie tummeln sich ja über Hals und Kopf zu dem Beichtstuhl?«

»Ich sollte freilich wohl etwas Klügeres tun.«

»Gehen Sie, Sie sind eine Närrin. Sie haben noch schöne zwanzig Jahre ganz allerliebst wegzusündigen. Lassen Sie die erst genossen sein, und dann bereuen Sie meinethalben oder prahlen damit bei Ihrem Beichtiger – Aber unser Gespräch hat eine so schwermütige Wendung genommen. Ihre Phantasie, Madame, wird ganz unerträglich finster, und das kommt bei meiner Ehre von nichts als dem abscheulichen Klosterleben. Folgen Sie *mir*, Madame, – lassen Sie den kleinen Grafen wieder zurückkommen, und ich verwette Seligkeit und Seele, Sie sehen weder Hölle noch Teufel mehr und sind auf einmal wieder liebenswürdig wie zuvor. Fürchten Sie etwa, daß ich Ihnen ein Verbrechen daraus machen möchte, wenn es mit uns wieder auf den alten Fuß kommen sollte? – Es könnte aber nun nie mehr dahin kommen; dann hätten Sie sich ja, einem eigensinnigen Traum zu Gefallen, um die süßeste Zeit Ihres Lebens betrogen – und – soll ich's gerade heraussagen, Madame? – der Triumph, es *mir* zuvor getan zu haben, ist soviel Aufopferung nicht einmal wert.«

Noch einige Gänge durch die Allee, und sie stiegen wieder in den Wagen. Eine Weile darauf fing Frau von P*** von neuem an:

»Wie einem das doch alt machen kann! Es denkt mir noch, wie das nicht viel höher war als ein Kohlhaupt, als es zum erstenmal nach Paris kam.«

»Sie meinen das junge Frauenzimmer, das uns vorhin mit ihrer Mutter begegnete?«

»Das nämliche. Sehen Sie, Marquis, das erinnert mich an einen Garten, wo frische Rosen immer die verwelkten ablösen. Haben Sie sie auch recht ins Aug' gefaßt?«

»Ich habe nicht ermangelt.«

»Nun – und was halten Sie von ihr?«

»So ist der Kopf einer Mutter Gottes von Raphael, auf den Leib seiner Galathee gestellt – Oh, und die unaussprechlich melodische Stimme –«

»Und die Bescheidenheit im Auge!«

»Und der Anstand, die Grazie in jeder Gebärde!«

»Und die Würde ihres Vortrags, die man doch sonst an keinem Mädchen ihresgleichen findet. Sehen Sie, was eine gute Erziehung tut!«

»Ja, wenn die Anlage schon so trefflich ist.«

Der Marquis brachte Frau von P*** nach Hause. Diese konnte es kaum erwarten, ihren beiden Kreaturen die Zufriedenheit zu bezeugen, welche sie über die glückliche Eröffnung des Possenspiels empfand.

Von dieser Zeit fing der Marquis an, die Besuche bei der Dame zu verdoppeln. Sie schien es nicht bemerken zu wollen. Niemals leitete *sie* das Gespräch auf die beiden Frauenzimmer, *er* mußte immer zuerst davon anfangen, und dieses tat er auch mit Ungeduld – doch zugleich mit einer künstlichen Gleichgültigkeit, welche ihm aber immer verunglückte.

»Sahen Sie heute Ihre zwei Freundinnen?«

»Nein.«

»Wissen Sie aber, daß Sie gar nicht artig sind, meine gnädige Frau? – Sie haben Vermögen, diese zwei Frauenzimmer leiden Mangel, und Sie sind nicht einmal so höflich, ihnen zuweilen Ihren Tisch anzubieten?«

»Ich hätte doch gemeint, der Marquis von A*** sollte sich mit meiner Denkungsart besser bekannt gemacht haben. Vor Zeiten wohl mochte die Liebe mir hie und da eine Tugend borgen, jetzt aber hilft mir die Freundschaft nur mit Schwachheiten aus. Wohl zehenmal habe ich sie indessen zu Tische bitten lassen, aber immer schlugen sie es aus. Sie haben ihre besondern Gründe mein Haus zu meiden, und wenn ich ihnen einen Besuch gebe, so tut es not, daß ich meinen Wagen am Ende der Gasse halten lasse und zuvor Schmuck und Schminke und jede Kostbarkeit von mir lege. Wundern Sie sich über diese grillenfängerische Behutsamkeit nicht. Eine zweideutige Auslegung könnte nur gar zu leicht den guten Willen ihrer Wohltäter abkühlen. Heutzutag, Marquis, gehört viel dazu, Gutes zu tun.«

»Bei den Frommen besonders.«

»Wo der geringste Vorwand davon lossprechen kann. Erführe man, daß ich mich hineinmischte, gleich würde es heißen: Frau von P*** ist ihre Gönnerin – sie brauchen keine Beisteuer mehr – und die Almosen hören auf.«

»Was? die Almosen?«

»Ja, mein Herr, die Almosen.«

»Diese Frauenzimmer sind Ihre Bekannten und leben von Almosen?«

»Dacht' ich's doch! – lieber Marquis, da seh' ich's ja deutlich, daß Sie aufgehört haben, mich zu lieben. Mit Ihrer Zärtlichkeit hab' ich ein gutes Teil Ihrer Achtung zugleich verloren. Wer sagt Ihnen denn, daß die Schuld mein sein muß, wenn diese Frauenzimmer vom Opfergeld leben?«

»Verzeihung, Madame. Ich war voreilig. Ich bitte tausendmal um Verzeihung. Aber was für Ursachen hätten sie denn, den Beistand einer guten Freundin auszuschlagen?«

»O mein lieber Marquis. Wir Weltkinder verstehen uns auf die wunderliche Bedenklichkeiten der Heiligen nicht. Sie halten es nicht für schicklich, Wohltaten von fremder Hand ohne Unterschied anzunehmen.«

»Aber da berauben sie uns ja des einzigen Mittels, unsere unsinnigen Verschwendungen hie und da wieder gut zu machen.«

»Das seh' ich nicht ab. Gesetzt, daß der Marquis von A*** das Schicksal dieser zwei Geschöpfe zu Herzen nähme, könnte er seine Gaben nicht durch würdigere Hände an sie gelangen lassen?«

»Würdigere? – nicht wahr? und desto weniger sichere?«

»Das könnte wohl sein.«

»Was meinen Sie, Madame – wenn ich ihnen zum Beispiel ein zwanzig Louis schicken wollte – würde man mein Geschenk wohl zurückweisen?«

»Nichts gewisser – und Ihnen, mein lieber Marquis, würde ein solcher Eigensinn bei der Mutter eines so schönen Kindes ohne Zweifel übel angebracht scheinen?«

»Glauben Sie, daß ich in Versuchung war, hinzugehen?«

»O ja, sehr gerne – Marquis, Marquis! Seien Sie auf Ihrer Hut! – es regt sich ein Mitleid in Ihrem Herzen, das mir sehr unerwartet und verdächtig scheint.«

»Mags – aber sagen Sie mir, hätte man meinen Besuch angenommen?«

»Zuverlässig nicht. Schon der Glanz Ihrer Equipage, die Pracht Ihrer Kleider, das Aufsehen von Bedienten, der Anblick eines schönen jungen Mannes – mehr hätte es nicht gebraucht, um die ganze Nachbarschaft in Alarm zu bringen und die armen Unschuldigen zugrund zu richten.«

»Sie tun mir weh, Madame; denn auf meine Ehre, das waren meine Absichten nicht. Also muß ich mir das Vergnügen versagen, sie zu sehen und ihnen Gutes zu tun.«

»So scheint es.«

»Aber wenn ich meine Geschenke durch *Ihre* Hand gehen ließe?«

»Ich mag mich zu einer Wohltätigkeit nicht hergeben, die so zweideutig aussieht.«

»Das ist aber ja ganz abscheulich.«

»Abscheulich! Sie haben ganz recht.«

»Was für Einbildungen! Ich glaube, Sie wollen mich foppen, Madame? – Ein junges Mädchen, das ich in meinem Leben *einmal* gesehen habe –«

»Nehmen Sie sich in acht, sag' ich Ihnen. Sie sind auf dem Wege, sich unglücklich zu machen. Lassen Sie mich lieber jetzt Ihr Schutzengel als nachher Ihre Trösterin sein – Meinen Sie etwa, daß Sie es hier mit Kreaturen zu tun haben, wie Sie deren sonst kennenlernen? – Verwechseln Sie nichts, guter Marquis. Frauenzimmer wie diese versucht man nicht – überrumpelt man nicht – erobert man nicht. Sie verstehen den Wink nicht. Sie laufen nicht in die Falle.«

Auf einmal besann sich der Marquis, daß er noch etwas Drängendes zu verrichten habe. Er stand mit Ungestüm auf und ging mürrisch aus dem Zimmer.

Viele Wochen dauerte das fort. Der Marquis ließ keinen Tag verstreichen, ohne Frau von P*** zu sehen; aber er kam, warf sich in den Sofa, gab keinen Laut von sich; Frau von P*** führte das Wort allein, der Marquis blieb eine Viertelstunde und verschwand. Endlich blieb er einen ganzen Monat aus dem Hause. Nach Verfluß dessen zeigte er sich wieder, aber schwermutsvoll und zugerichtet wie eine Leiche. Frau von P*** erschrak bei seinem Anblick.

»Wie sehen Sie aus, Marquis? Woher kommen Sie ? – haben Sie diese ganze Zeit über an Ketten gelegen?«

»Schier so, bei Gott! – Aus Verzweiflung stürzt' ich mich in das abscheulichste Schlaraffenleben.«

»Wie das? aus Verzweiflung?«

»Nicht anders, Madame – aus Verzweiflung.«

Mit den Worten lief er hastig durch das Zimmer, dahin, dorthin, trat er an ein Fenster, blickte nach den Wolken, kam zurück, blieb auf einmal vor ihr stehen, ging zur Türe, rief einen seiner Leute, hieß ihn wieder gehen, stellte sich aufs neue vor die Dame, wollte reden, aber konnte nicht – Frau von P*** saß mittlerweile still an ihrem Arbeitstisch, ohne ihn bemerken zu wollen; endlich hatte sie Erbarmen mit seinem Zustand und fing an:

»Was haben Sie denn, Marquis? Einen ganzen Monat lang sieht man Sie nicht, und nun kommen Sie und sehen aus wie einer, der dem Leichentuch entsprungen ist, und treiben sich herum wie eine Seele im Fegfeuer!«

»Ich halt' es nicht länger aus. Ich will – ich muß – Sie sollen alles hören. Jenes Mädchen, die Tochter Ihrer Freundin – o sie hat eine tiefe Wirkung auf mein Herz gemacht. Alles, alles hab' ich angewandt, sie zu vergessen, doch umsonst – Je mehr ich sie bekämpfte, desto tiefer grub sich die Erinnerung. Dieser Engel hat mich ganz dahin – Sie müssen mir einen großen Dienst erweisen.«

»Nun?«

»Es ist umsonst. Ich muß ich muß sie wieder sehen, und Ihnen, o nur Ihnen kann ich das zu danken haben. Ich habe meine Bedienten in fremde Kleider gesteckt – ich habe ihnen auflauern lassen. Ihr ganzer Aus- und Eingang ist in die Kirche und aus der Kirche, aus ihrem Hause und in ihr Haus zurück. Zehenmal hab' ich mich ihnen zu Fuß in den Weg gestellt, sie haben mich auch nicht einmal eines Blicks gewürdigt. Unter ihre Haustüre habe ich mich vergebens gepflanzt. Sie zu vergessen, bin ich auf eine Zeitlang der lüderlichste Bube geworden – ihnen zu gefallen, wieder fromm und heilig wie ein Märtyrer, und fünfzehn Tage hat mich keine Messe vermißt – O welche Gestalt, meine Freundin! Wie reizend! Wie unaussprechlich schön!«

Frau von P*** war von allem unterrichtet. – »Das heißt,« gab sie dem Marquis zur Antwort, »Sie haben alles angewandt, um gescheut zu werden, und nichts unterlassen, um ein Narr zu sein, und das letztere ist Ihnen gelungen.«

»O ganz recht, gelungen, und in einem fürchterlichen Grade. Werden Sie mich bedauern, Madame? Werden Sie mir die Seligkeit verschaffen, diesen Engel wieder zu sehen?«

»Die Sache will Überlegung – ich werde sie schlechterdings nicht übernehmen, Sie versprechen mir denn auf das heiligste, diese arme Unglückliche in Ruhe zu lassen und Ihre Verfolgungen aufzugeben.

Auch will ich Ihnen nicht verhehlen, Marquis, daß man sich sehr empfindlich über Ihre Zudringlichkeit gegen mich schon geäußert hat – Wollen Sie diesen Brief ansehen?«

Der Brief, den man dem Marquis hier in die Hände spielte, war unter den drei Frauenzimmern verabredet. Es mußte das Ansehen haben, als hätte die jüngere Aisnon ihn auf ausdrücklichen Befehl ihrer Mutter geschrieben. Zugleich unterließ man nicht, so viel Edles und Zärtliches, so viel Geist und Geschmack einzuweben, als nötig war, dem Marquis den Kopf zu verrücken. Auch begleitete er jeden Gedanken mit einem Freudenruf, jedes Wort las er wieder, und Tränen der Verzückung flossen aus seinen Augen.

»Gestehen Sie nun selbst, daß man nicht göttlicher schreiben kann. O Madame, ich verehre das Frauenzimmer, das so schreibt und empfindet.«

»Das ist auch ihre Pflicht.«

»Ich will Ihnen Wort halten, ich schwöre es Ihnen, aber ich bitte Sie, ich beschwöre Sie, tun Sie ein Gleiches.«

»Wahrlich, Marquis. Ich komme mir bald als der größere Narr von uns beiden vor. Es ist nicht anders – Sie müssen eine unumschränkte Gewalt über mich haben, und das erschreckt mich.«

»Wann seh' ich sie also?«

»Das kann ich Ihnen jetzt noch nicht sagen. Vor allen Dingen muß man es so vorbereiten, daß kein Verdacht dabei aufsteigt. Die Frauenzimmer wissen um Ihre Leidenschaft – Überlegen Sie selbst, in welchem Lichte meine Freundschaft erscheinen würde, wenn sie nur entfernt auf den Argwohn kämen, daß ich mit Ihnen einverstanden sei. – Aber, offenherzig, lieber Marquis – wofür auch die ganze Verlegenheit? Was geht das mich an, ob Sie lieben oder nicht lieben? Ob Sie ein Tor sind oder ein Kluger? – Lösen Sie selbst Ihren Knoten auf. Die Rolle, die Sie mich wollen spielen lassen, ist wahrlich auch sehr sonderbar.«

»Ich bin verloren, meine Beste, wenn *Sie* mich im Stich lassen. Ich will mich selbst nicht in Anschlag bringen – ich weiß, daß es Sie nur beleidigen würde – aber bei diesen teuren, diesen guten, diesen himmlischen Geschöpfen will ich Sie beschwören – Sie kennen mich, Madame. Bewahren Sie sie für den Rasereien, die ich auszuhecken fähig bin. Ich werde zu ihnen gehen – ja, beim großen Gott, das werd' ich; ich habe Sie gewarnt – ich werde ihre Türe sprengen, mit Gewalt werde ich hineintreten, ich werde mich niedersetzen, ich werde sagen, ich werde – oh! weiß ich denn, was ich sagen will, was ich tun will? – aber in dieser Lage meines Herzens bin ich fürchterlich!«

Jedes dieser Worte war ein Dolchstoß in das Herz der Frau von P***. Sie erstickte von Unwillen und innerlicher Wut, und mit Stottern redete sie weiter:

»Ganz kann ich Ihre Heftigkeit nicht tadeln – Aber – Ja! wenn ich – ich mit dieser Leidenschaft geliebt worden wäre – Vielleicht – doch genug davon. Für Sie wollt' ich eigentlich ja auch nicht handeln, nur hoffe ich, daß mein Herr Marquis mir wenigstens Zeit lassen werde.«

»Die kürzeste, die nur möglich ist.«

»O ich leide,« rief die Dame, als er weg war, »ich leide schrecklich; aber ich leide nicht allein. Abscheulichster der Menschen, noch zwar ist es ungewiß, wie lang diese meine Qual noch dauert; aber ewig, ewig soll die deine währen.«

Einen ganzen Monat lang wußte sie den Marquis in der Erwartung der versprochenen Zusammenkunft hinzuhalten – während dieser Zeit hatte er volle Muße, sich abzuhärmen, zu berauschen und seine Leidenschaft in Unterredungen mit ihr noch mehr anzufeuern. Er erkundigte sich nach dem Vaterland, dem Herkommen, der Erziehung und den Schicksalen dieser Frauenzimmer, und erfuhr immer noch zu wenig, und frug immer wieder, und ließ sich immer von neuem unterrichten und dahinreißen. Die Marquisin war schelmisch genug, ihn jeden Fortschritt seiner Leidenschaft bemerken zu lassen, und unter dem Vorwand, ihn zurückzuschrecken, gewöhnte sie ihn unvermerkt an den verzweifelten Ausgang dieses Romans, den sie ihm bereitet hatte.

»Sehen Sie sich vor,« sprach sie, »das könnte Sie weiter führen, als Sie wünschen – es könnten Zeiten kommen, wo meine Freundschaft, die Sie jetzt so unerhört mißbrauchen, weder vor mir selbst noch vor der Welt mich entschuldigen dürfte. Freilich, wohl geht kein Tag vorüber, daß nicht irgendeine rasende Posse unter dem Monde zustande käme; aber ich fürchte, Marquis, ich fürchte fast, daß dieses Frauenzimmer niemals oder nur unter Bedingungen Ihre wird, die bis hieher wenigstens ganz und gar nicht nach Ihrem Geschmacke waren.«

Nachdem Frau von P*** den Marquis zu ihrem Vorhaben hinlänglich zubereitet fand, kartete sie es mit den beiden Aisnon, einen Mittag bei ihr zu speisen, und mit dem Marquis redete sie ab, sie in Reisekleidern da zu überfallen, welches auch zustande kam.

Man war eben am zweiten Gang, als der Marquis sich melden ließ. Er, Frau von P*** und die beiden Aisnon spielten die Rolle der Bestürzung meisterlich.

»Madame,« sagte er zu Frau von P***, »ich komme soeben von meinen Gütern an; es ist zu spät, daß ich jetzt noch nach Hause gehe, wo man sich schwerlich auf mich gerichtet hat; ich hoffe, daß Sie mir erlauben werden, Ihr Gast zu sein.«

Unter diesen Worten holte er sich einen Sessel und nahm an der Tafel seinen Platz. Die Einteilung war so gemacht, daß er neben die Mutter und der Tochter gegenüber zu sitzen kam – eine Aufmerksamkeit, wofür er der Frau von P*** mit einem verstohlenen Wink der Augen dankte. Beide Frauenzimmer hatten sich von der ersten Verlegenheit erholt. Man fing an, zu plaudern, man ward sogar aufgeräumt; der Marquis behandelte die Mutter mit der vorzüglichsten Aufmerksamkeit und die Tochter mit der feinsten Höflichkeit und Schonung. Für die drei Frauenzimmer war es der possierlichste Auftritt, die Ängstlichkeit anzusehen, mit welcher der Marquis alles vermied, was sie nur entfernt hätte in Verlegenheit setzen können. Sie waren boshaft genug, ihn drei ganze Stunden lang gottselig schwatzen zu lassen, und zuletzt sagte Frau von P*** zu ihm:

»Ihre Gespräche, Marquis, machen Ihren Eltern unendlich viel Ehre; die Eindrücke der ersten Kindheit erlöschen doch nie. Wahrhaftig, Sie sind so tief in die Geheimnisse der geistlichen Liebe gedrungen, daß man vermuten muß, Sie wären Ihr Lebenlang in Klöstern gewesen – Waren Sie nie in Versuchung, ein Quietist zu werden?«

»Nie, daß ich mich erinnern könnte, Madame.«

Es braucht nicht erst gesagt zu werden, daß unsre beiden Andächtigen die Unterhaltung mit allem Witz, aller Feinheit, aller verführerischen Grazie würzten. Nur im Vorübergehen berührte man das Kapitel von Leidenschaften, und Mademoiselle Duquenoi – das war ihr Familienname – wollte behaupten, daß es nur *eine* gefährliche gebe. Dieser Meinung stimmte der Marquis von ganzem Herzen bei. Zwischen sechs und sieben brachen die beiden Frauenzimmer auf; jeder Versuch, sie länger dazubehalten, war fruchtlos. Frau von P*** und die Mutter Duquenoi taten den Ausspruch, daß das Vergnügen der Pflicht weichen müsse, wenn nicht ein jeder Tag mit Gewissensbissen sich endigen sollte. Beide also gingen zum großen Verdruß des Marquis nach Hause, und er sah sich jetzt wieder mit Frau von P*** unter vier Augen allein.

»Nun, Marquis? Bin ich nicht eine gute Närrin? – Zeigen Sie mir die Frau zu Paris, die etwas Ähnliches täte.«

»Nein, Madame! Nein! Nein!« – und hier warf er sich ihr zu Füßen – »die ganze Welt hat Ihresgleichen nicht mehr, Ihre Großmut beschämt mich. Sie sind die einzige wahre Freundin, die auf dieser Erde zu finden ist.«

»Sind Sie auch sicher, Marquis, daß Sie mein heutiges Verfahren stets so beurteilen werden?«

»Ein Ungeheuer von Undank müßt' ich sein, wenn ich je meine Meinung veränderte.«

»Also von etwas anderm. – Wie steht's jetzt mit Ihrem Herzen?«

»Soll ich es Ihnen frei heraus sagen? – Dieses Mädchen muß meine sein, oder ich bin verloren.«

»Allerdings muß sie das, aber um welchen Preis? ist die Frage.«

»Wir wollen sehen.«

»Marquis, Marquis, ich kenne Sie, ich kenne diese Leute. Der ganze Streich kann verraten werden.«

Zwei Monate lang erschien der Marquis nicht wieder; unterdessen war er tätiger als je. Er hing sich an den Beichtvater der beiden Duquenoi, die Angelegenheit seiner Wollust durch die Allgewalt der Religion zu betreiben. Dieser Pfaffe, verschmitzt genug, jede Schwierigkeit zu heucheln, welche die Heiligkeit seiner Lehre diesem niederträchtigen Anschlag entgegensetzte, verkaufte die Würde seines Amtes so teuer, als möglich war, und gab sich endlich für die Gebühren zu allem her, was der Marquis ihm zumutete.

Die erste Büberei, die der Mann Gottes sich erlaubte, bestand darin, beiden Andächtigen die Wohltaten der Gemeinde zu entziehen und dem Pfarrherrn des Kirchsprengels vorzuspiegeln, daß die Schutzergebenen der Frau von P*** sich widerrechtlich ein Almosen zueigneten, dessen andere Mitglieder der Gemeine weit bedürftiger wären. Seine Absicht ging dahin, ihre standhafte Tugend durch die Not aufzureiben.

Weiter arbeitete er im Beichtstuhl daran, Uneinigkeit zwischen Mutter und Tochter zu stiften. Wenn die Mutter die Tochter bei ihm verklagte, so wußte er die Verschuldungen der letztern immer größer zu machen und die Erbitterung der erstern noch mehr anzureizen. Klagte die Jüngere, so gab er nicht undeutlich zu verstehen, daß die elterliche Gewalt ihre Grenzen habe, und wenn die Verfolgungen der Mutter nicht nachlassen würden, so könnte die heilige Kirche für nötig finden, sie der mütterlichen Tyrannei zu entreißen. Einstweilen legte er ihr die Buße auf, fleißiger zur Beichte zu kommen.

Ein andermal lenkte er das Gespräch auf ihre Gestalt und behauptete, daß das gefährlichste Geschenk, so der Himmel einem Weib nur verleihen könnte, Schönheit sei. Unterderhand ließ er ein Wörtchen von einem sichern Biedermann fallen, der sich davon habe hinreißen lassen, den er zwar nicht mit Namen nannte, aber handgreiflich genug zu bezeichnen wußte. Von da kam er auf die unendliche Barmherzigkeit Gottes zu reden und auf die unüberschwängliche Langmut der Himmels gegen gewisse Menschlichkeiten, die das Erbteil des Fleisches wären – auf die gewaltige Herrschaft gewisser Begierden, denen auch die heiligsten unter den Menschen nicht ganz entlaufen könnten. Dann frug er sie, ob in *ihrem* Herzen noch keine Wünsche sich regten? – ob sie nicht zuweilen Wallungen spürte? – ob sie nicht sichere Träume hätte? – ob die Gegenwart von Mannspersonen nicht irgendeinen Unfug da oder dort bei ihr anrichtete? – Darauf warf er die Frage auf, ob sich ein Frauenzimmer der Leidenschaft eines Mannes widersetzen oder lieber preisgeben solle? ob es zu wagen wäre, einen Menschen sterben zu lassen, für welchen doch das kostbare Blut des Erlösers so gut als für jeden andern geflossen sei? Und diese Frage getraute er sich nicht zu beantworten. Er beschloß mit einem tiefen und heiligen Seufzer, drehte seine Augen zum Himmel und betete – für die Seelen im Fegfeuer. Die junge Duquenoi ließ ihn seiner Wege gehen und hinterbrachte dies alles treulich ihrer Mutter und der Frau von P***, welche ihr noch mehr Geständnisse einbliesen, dem frommen Heiligen desto mehr Herz einzujagen.

Sie erwarteten nun nichts Gewissers, als daß der Mann Gottes über kurz oder lang sich brauchen lassen würde, seiner geistlichen Tochter einen Liebesbrief zuzustellen, und diese Vermutung traf glücklich ein. Aber wie behutsam griff er das an! – Erst wußte er eigentlich selbst nicht, aus wessen Händen er käme – er zweifelte keineswegs, daß irgendeine mitleidige Seele in seiner Gemeine unter der Decke stecke, die, von ihrem Elend gerührt, sich würde erboten haben, ihnen Beistand zu leisten. Dergleichen Aufträge hätte er schon öfter zu übernehmen gehabt.

»Im übrigen, Mademoiselle,« fuhr er jetzt fort, »werden Sie vorsichtig handeln – Ihre Frau Mutter ist eine vernünftige Frau. Ich dringe ausdrücklich darauf, daß Sie den Brief nicht anders als in ihrem Beisein erbrechen.«

Mademoiselle steckte den Brief zu sich und händigte ihn sogleich der Alten ein, die ihn auf der Stelle der Frau von P*** überschickte. Die Marquisin, jetzt im Besitz eines unverwerflichen Zeugnisses, ließ den Beichtvater zu sich holen, wusch ihm den Kopf, wie er's verdient hatte, und drohte ihm, den ganzen Vorgang seinen Obern zu melden, wenn sie je noch ein Wort von ihm hören sollte.

Der Brief floß von lauter Lobsprüchen des Marquis, in betreff seiner eignen Person und der Mademoiselle, über. Er malte ihr darin seine Leidenschaft mit den lebendigsten und schrecklichsten Farben ab, machte ungeheure Verheißungen, sprach sogar von Entführung.

Nachdem Frau von P*** dem Pfaffen den Text recht gelesen hatte, bat sie auch noch den Marquis zu sich und erklärte ihm, wie sehr sein Betragen den Mann von Ehre beschimpfe und wie nachteilig er sie selbst mit hineinmische; dann zeigte sie ihm seinen Brief und beteuerte, daß auch die Pflichten der zärtlichsten Freundschaft, die zwischen ihm und ihr bisher geherrscht hätten, sie nicht abhalten würden, die Mutter Duquenoi, ja die Obrigkeit selbst gegen ihn zu Hilfe zu rufen, wenn seine Verfolgungen weiter gehen sollten.

»Marquis, Marquis,« setzte sie hinzu, »die Liebe macht einen schlimmen Menschen aus Ihnen. Sie müssen bösartig auf die Welt gekommen sein, weil dasjenige, was jeden andern zu großen Taten spornt, Ihnen nur Niederträchtigkeiten abgewinnen kann. Was taten Ihnen diese armen Frauenzimmer Leides, daß Sie es darauf anlegen, ihre Armut durch Schande zu verbittern? – Weil dieses

Mädchen schön ist und sich entschlossen hat, auf ihrer Tugend standhaft zu beharren, so wollen *Sie* ihr Verfolger sein? so wollen *Sie* Ursache werden, das sie das beste Geschenk des Himmels verfluche? Und womit hab' denn *ich* es verdient, daß ich eine Mitschuldige Ihrer Schandtaten sein soll? – Undankbarster der Menschen! Gleich fallen Sie mir zu Füßen, bitten Sie mich gleich um Verzeihung, schwören Sie mir zu, meine unglücklichen Freundinnen von jetzt an in Frieden zu lassen!« – Der Marquis versprach, ohne Vorwissen der Frau von P*** keinen Schritt mehr zu tun; aber das Mädchen müsse er besitzen, welchen Preis es auch gelten möge.

Er hielt keineswegs, was er zugesagt hatte. Einmal wußte nun doch die Mutter Duquenoi um die ganze Geschichte; daher trug er jetzt keine Bedenken mehr, sich unmittelbar an sie selbst zu wenden. Er gestand die Abscheulichkeit seines Vorhabens ein, bot ihr beträchtliche Summen an, sprach von den glänzendsten Hoffnungen, die die Zeit noch reif machen würde, und begleitete seinen Brief mit einem Kästchen voll der kostbarsten Steine.

Die drei Frauenzimmer hielten geheimen Rat untereinander. Mutter und Tochter schienen sehr geneigt, den Kauf einzugehen; doch dabei fand Frau von P*** ihre Rechnung nicht. Sie erinnerte sie an die ersten Artikel ihres Vertrages und drohte sogar, den ganzen Betrug zu verraten, wenn sie sich weigern würden, ihr zu gehorsamen. Zum großen Leidwesen der beiden Heiligen, der Tochter besonders, die, so langsam als sie konnte, die Ohrringe wieder abnahm, die ihr so schön ließen, mußten Briefe und Juwelen mit einer Antwort, woraus der ganze Stolz der beleidigten Tugend sprach, zu ihrem Eigentümer zurückwandern.

Frau von P*** machte dem Marquis über seine Wortbrüchigkeit die bittersten Vorwürfe; er nahm zur Entschuldigung, daß er es nicht hätte wagen mögen, sie mit einem Auftrage dieser Art zu erniedrigen. »Lieber Marquis,« sagte sie zu ihm, »ich habe Sie sogleich anfangs gewarnt und will es Ihnen jetzt wiederholen. Sie sind noch weit von dem Ziel entfernt, nach welchem Sie hinarbeiten – aber nun ist es nicht mehr Zeit, Ihnen vorzupredigen, das würden jetzt nur verlorene Worte sein, für Sie ist ganz und gar keine Rettung mehr.« – Der Marquis antwortete, daß seine Hoffnungen noch immer die besten wären und er sich nur die Erlaubnis von ihr erbitte, einen letzten Versuch noch wagen zu dürfen.

Dieser war, daß er sich anheischig machte, beiden Frauenzimmern eine beträchtliche Leibrente auszuwerfen, sein ganzes Vermögen mit ihnen zu gleichen Teilen zu teilen und ihnen, solange sie lebten, eines von seinen Häusern zu Paris und ein andres auf seinen Gütern zum Eigentum einzuräumen. – »Machen Sie, was Sie wollen,« sagte die Marquisin, »nur Gewalt verbitt' ich mir – aber Rechtschaffenheit und wahre Ehre, glauben Sie mir's, Freund, sind über jeden Krämertax erhaben. Ihr neuestes Gebot wird kein besseres Glück als Ihre vorigen – ich kenne meine Leute und unterstehe mich, für ihre Tugend zu haften.«

Diese neuen Erbietungen des Marquis kamen bei voller Sitzung der drei Frauenzimmer vor. Madame und Mademoiselle erwarteten schweigend das Endurteil aus dem Munde der Frau von P*** – Diese ging einige Minuten lang, ohne ein Wort zu reden, im Saal auf und nieder. – – – »Nein! Nein! Nein!« rief sie endlich, »das ist viel zu gnädig – Nein! das ist viel zu wenig für mein wundes Herz« – und also sprach sie das unwiderrufliche Verbot aus. Mutter und Tochter warfen sich weinend ihr zu Füßen, flehten und stellten vor, welche Grausamkeit es wäre, ihnen ein Glück zu verbieten, das sie doch ohne alle Gefahr würden annehmen dürfen.

Frau von P*** gab mit Kaltsinn zur Antwort: »Bildet ihr euch ein, daß alles das, was bisher geschehen, etwa *euch* zu Lieb' geschehen ist? Wer seid ihr denn? Was hab' ich *euch* für Verpflichtungen? Woran liegt es, daß ich euch nicht, die eine so gut als die andre, zu eurem Handwerk zurücksende? – Ich will gern glauben, daß diese Anerbietungen für *euch* zu viel sind; aber für *mich* sind sie viel zu wenig. Setzen Sie sich, Madame – Schreiben Sie die Antwort, wörtlich, wie ich sie Ihnen diktieren werde, und daß sie ja gleich in meiner Gegenwart abgehe.« – – Die beiden gingen, noch bestürzter als mißvergnügt, nach Hause.

Der Marquis zeigte sich der Frau von P*** sehr bald wieder.

»Nun,« rief sie ihm zu, »Ihre neuen Geschenke?«

»Angeboten und ausgeschlagen. Ich bin in Verzweiflung. Könnt' ich sie aus meinem Herzen reißen, diese unglückvolle Leidenschaft, könnt' ich mein Herz selbst mit herausreißen, mir würde wohl sein! Sagen Sie mir doch, Marquisin, finden Sie nicht kleine Ähnlichkeiten im Gesicht dieses Mädchens mit dem meinigen?«

»Ich habe Ihnen nie davon sagen mögen – freilich find' ich deren welche, aber davon ist jetzo die Rede nicht; was beschließen Sie?«

»Weiß ich's? Kann ich's – O Madame, bald wandelt der Gelust mich an, in die erste beste Postchaise mich zu werfen und dahinzueilen, so weit der Erdball mich tragen will. Einen Augenblick darauf verläßt meine Kraft mich. Ich bin gelähmt. Mein Kopf schwindelt. Meine Sinne vergehen. Ich vergesse, was ich bin, was ich werden soll.«

»Das Reisen stellen Sie immer ein. Es verlohnt sich der Mühe nicht, von da nach dem Judenmarkt zu wandern, um nur wieder heim zu gehen.«

Den andern Morgen kam ein Billett von ihm an Frau von P***, worin er meldete, daß er nach seinem Landgut gereist wäre und sich da aufhalten würde, solang' ihm sein Herz das verstattete – und worin er sie zugleich auf das inständigste ersuchte, seiner zu gedenken bei ihren Freundinnen. Seine Entfernung dauerte nicht lange. Er kam in die Stadt zurück und ließ sich bei der Marquisin absetzen. Sie war ausgefahren. Als sie wiederkam, fand sie ihn mit geschloßnen Augen, in der schrecklichsten Erstarrung auf dem Sofa ausgestreckt liegen.

»Ah! Sie hier, Marquis? Die Landluft, scheint es, hat Ihnen also nicht ganz bekommen wollen?«

»O Madame, mir ist nirgends wohl. Sehen Sie mich wieder angelangt, sehen Sie mich entschlossen, Madame, die ungeheuerste Torheit zu unternehmen, die ein Mann von meinen Umständen, meinem Rang, meiner Geburt, meinem Geld nur begehen kann. Aber eher alles, alles, als ewig auf dieser Folter sein. Ich heurate.«

»Marquis! Marquis! Der Schritt ist bedenklich und will Überlegung haben.«

»Überlegung? – Ich habe nur *eine* gemacht, aber sie ist die gründlichste von allen – ich kann nicht elender werden, als ich jetzt schon bin.«

»Das können Sie so gewiß noch nicht sagen.«

»Nun, Madame. Dies, denke ich, ist doch endlich ein Geschäft, das ich Ihnen mit Ehren übergeben kann. Gehen Sie nun hin. Besprechen Sie sich mit der Mutter, erforschen Sie das Herz der Tochter, und bringen Sie meinen Antrag vor.«

»Gemach, lieber Marquis. Zwar habe ich diese beiden Frauenzimmer hinreichend zu kennen geglaubt, um gerade so für sie zu handeln, wie ich bisher getan habe; nun es aber auf die Glückseligkeit meines Freundes hinaus will, so wird er mir wenigstens erlauben, die Sache etwas näher zu besehn. Ich werde mich zuvor in ihrer Provinz nach ihnen erkundigen und ihrer Aufführung Schritt vor Schritt durch die ganze Zeit ihres hiesigen Aufenthalts nachfolgen.«

»Eine Vorsicht, Madame, die mir ziemlich weit hergeholt scheint. Frauenzimmer, die mitten im Unglück so standhaft auf Ehre hielten und meiner Verführung so beherzt widerstunden, müssen notwendig Geschöpfe der seltensten Gattung sein – Mit meinen Geschenken hätt' ich es bei einer Herzogin durchsetzen müssen – Und überdem, sagten Sie mir nicht selbst – –«

»Ja doch, ja, ja, ich sagte alles, was Ihnen belieben mag; dem ohngeachtet werden Sie aber doch jetzt so gnädig sein und mir meinen Willen lassen.«

»Und warum heuraten *Sie* nicht auch, meine liebe Marquisin?«

»Wen allenfalls, wenn ich fragen darf?«

»Wen? – – Ihren kleinen Grafen. Er hat Kopf – Geld – und ist von der besten Familie.«

»Und wer steht mir für seine Treue? – *Sie* vermutlich?«

»Das wohl nicht, aber bei einem Ehmann pflegt man das nicht so genau mehr zu nehmen.«

»Meinen Sie? vielleicht aber wäre *ich* nun Närrin genug, dadurch beleidigt zu werden – und ich bin *rachsüchtig*, Marquis.«

»Nun ja doch, rächen sollen Sie sich immer. Das versteht sich am Rande. Wissen Sie was, Marquisin? Wir vier wollen dann gemeinschaftlich beieinander wohnen und den artigsten Klub von der Welt zusammen ausmachen.«

»Das alles läßt sich vortrefflich hören, aber ich heurate nie. Der einzige Mann, dem ich vielleicht meine Hand noch würde gegeben haben – –«

»Bin doch *ich* nicht, Madame?«

»Jetzt kann ich Ihnen ohne Gefahr dies Bekenntnis tun.«

»Jetzt? Warum jetzt erst? Warum sagten Sie mir das nicht eher?«

»Daran habe ich sehr wohlgetan, wie die Umstände mich jetzt überzeugen. Und überhaupt – diejenige, welche Sie nunmehr zur Frau nehmen, taugt in allem Betrachte besser für Sie als ich.«

Frau von P*** brachte ihre Nachforschungen mit größter Genauigkeit und Eile zustande. Sie legte dem Marquis aus der Provinz und der Hauptstadt die schmeichelhaftesten Zeugnisse von seiner künftigen Gattin vor, drang aber dennoch darauf, daß er sich zu ernstlicher Überlegung der Sache noch vierzehn Tage Zeit nehmen sollte. Diese vierzehn Tage deuchten ihm eine Ewigkeit zu sein, und Frau von P*** sah sich endlich gezwungen, seiner verliebten Ungeduld nachzugeben. Die nächste Zusammenkunft war bei den beiden Duquenoi, die Verlobung ging vor sich, das Aufgebot geschah, der Marquis beschenkte die Frau von P*** mit einem kostbaren Diamant, und die Hochzeit wurde vollzogen.

Die *erste* Nacht ging nach Wunsch vorüber. Den andern Morgen schrieb Frau von P*** dem Marquis ein Billet, worin sie ihn eines dringenden Geschäfts wegen auf einen Augenblick zu sich bat. Er ließ nicht lange auf sich warten. Man empfing ihn mit einem Gesicht, worauf Schadenfreude und Entrüstung mit schrecklichen Farben sich malten. Seine Verwunderung dauerte nicht lang'.

»Marquis,« sagte sie zu ihm, »es ist Zeit, daß Sie endlich erfahren, wer ich bin. Wenn andre meines Geschlechts sich selbst genug hochschätzen wollten, meine Rache zu billigen: *Sie* und *Ihres* Gelichters würden seltener sein. Eine edle Frau hat sich Ihnen ganz hingegeben – Sie haben sie nicht zu erhalten gewußt – *ich* bin diese Frau; aber sie hat vergolten, Verräter, und dich auf ewig mit einer verbunden, die deiner würdig ist. Geh von hier aus quer über die Straße nach dem Gasthof zur Stadt Hamburg – Dort wird man dir ausführlicher von dem schändlichen Gewerb zu erzählen wissen, das deine Frau Gemahlin und Schwiegermutter zehn Jahre lang unter dem Namen einer Madame und Mademoiselle Aisnon getrieben haben.«

Keine Beschreibung erreicht das Entsetzen, mit welchem hier der Marquis zu Boden sank. Seine Sinne verließen ihn – aber seine Unentschlossenheit dauerte nur so lang', als er brauchte, um von einem Ende der Stadt zum andern zu rennen. Er kam den ganzen Tag nicht nach Hause, er schweifte in den Straßen umher; seine Gemahlin und seine Schwiegermutter fingen an, zu argwöhnen, was etwa geschehen war. Auf den ersten Schlag, der an der Türe geschah, entsprang die letztere in ihr Zimmer und schob beide Riegel vor. Nur seine Frau erwartete ihn allein in dem ihrigen. Sein Gesicht verkündete die Wut seines Herzens, als er hereintrat; sie warf sich zu seinen Füßen, stieß mit dem Angesicht auf den Boden des Zimmers und gab keinen Laut von sich.

»Fort, Nichtswürdige,« rief er fürchterlich, »fort von mir!«

Sie versuchte, sich aufzurichten, aber ohnmächtig stürzte sie auf ihr Angesicht, beide Arme der Länge nach auf den Boden gespreitet.

»Gnädiger Herr,« sagte sie zu ihm, »stoßen Sie mich mit Füßen, zertreten Sie mich, ich hab' es verdient; machen Sie mit mir, was Sie wollen; aber Gnade, Gnade für meine Mutter!«

»Hinweg,« rief er abermal, »fort, Verfluchte, aus meinen Augen! – Ist es nicht genug, daß du mich mit Schande bedeckst, willst du mich auch noch zwingen, ein Verbrecher zu werden?«

Das arme Geschöpf beharrte unbeweglich und stumm in der vorigen Stellung – der Marquis lag in einem Sessel, den Kopf zwischen beide Arme geworfen und mit halbem Leib zu den Füßen seines Bettes hingesunken, und brach zuweilen, ohne sie anzusehen, in ein gebrochenes Heulen aus: »Hinweg von mir, sag' ich.« – Das Stillschweigen dieser Unglücklichen, die noch immer wie in toter Erstarrung lag, erschöpfte seine Geduld. »Entferne dich!« rief er lauter und schrecklicher, bückte sich zu ihr nieder und war im Begriff, ihr einen grausamen Schlag zu geben. – Doch indem fand er, daß sie ohne Bewußtsein und beinah ohne Leben lag. Er faßte sie um die Mitte des Leibes, legte sie auf ein Kanapee und betrachtete sie eine Zeitlang mit Augen, aus welchen wechselsweis Wut und Mitleiden hervorbrachen. Endlich zog er die Glocke. Seine Bedienten traten herein. Man rief ihre Weiber.

»Nehmt eure Frau zu euch,« sagte er diesen, »ihr ist etwas zugestoßen, führt sie auf ihr Zimmer und springt ihr bei.« – Bald darauf schickte er heimlich, nach ihrem Befinden zu fragen. Man bracht' ihm die Nachricht, daß zwar ihre erste Ohnmacht vorüber wäre, aber noch immer Schwächen auf Schwächen folgten, die so häufig kämen und so lange anhielten, daß man Ursache hätte, für ihr Leben zu zittern. Eine Stunde darauf schickte er, so heimlich wie das erstemal, wieder. Sie lag in schrecklichen Beängstigungen, zu welchen sich ein gichterischer Schlucken gesellte, der von der Gasse herauf gehört werden konnte. Als er das drittemal schickte, welches den folgenden Morgen war, kam die Antwort, daß sie sehr viel geweint habe und die übrigen Zufälle sich nach und nach zu legen anfingen.

Jetzt ließ er anspannen und verschwand vierzehn Tage lang, daß kein Mensch um seinen Aufenthalt wußte. Vor seiner Abreise hatte er Sorge getragen, daß Mutter und Tochter mit dem Notwendigsten versehen wurden, und seine Dienerschaft hatte Befehl, der Mutter wie ihm selbst zu gehorchen.

Während der ganzen Zeit, daß er abwesend war, wohnten die beiden, beinahe ohne sich zu sprechen, in der traurigsten Verstimmung nebeneinander. Die junge Frau zerfloß ohne Aufhören in Seufzer und Tränen oder fing plötzlich laut zu schreien an, rang die Hände, raufte sich die Haare aus, da selbst ihre Mutter es nicht wagen durfte, sich ihr zu nähern und ihr Trost zuzusprechen. Diese zeigte nichts als Verhärtung, jene war das traurigste Bild der Reue, des Schmerzens, der Verzweiflung.

Tausendmal rief sie: »Kommen Sie, Mama, lassen Sie uns fliehen, lassen Sie uns vor seiner Rache schützen!« – Tausendmal widersetzte sich die Alte und erwiderte: »Nicht doch, mein Kind. Laß uns bleiben. Laß uns abwarten, wie weit er es treiben wird. Umbringen kann uns dieser Mensch doch nicht.« – »O daß er's möchte,« rief jene wieder, »daß er's längst schon getan haben möchte!« – »Schweig,« sagte die Mutter, »und hör' einmal auf, wie eine Närrin zu plaudern.«

Der Marquis kam zurück und schloß sich in sein Kabinett ein, von wo aus er zwei Briefe, den einen an seine Frau, den andern an seine Schwiegermutter, schrieb. Die letztere reiste noch an eben dem Tag in ein Kloster ab, wo sie nicht lange darauf starb. Die Tochter kleidete sich an und wankte nach dem Zimmer ihres Gemahls, wohin er sie beschieden hatte. An der Schwelle sank sie auf die Knie. Er befahl ihr, aufzustehen. Sie stand nicht auf, sondern wälzte sich in dieser Stellung näher zu ihm. Alle ihre Glieder zitterten. Ihre Haare waren losgebunden. Ihr Leib hing zur Erde, ihr Kopf war emporgerichtet, und ihre Augen, die von Tränen flossen, begegneten den seinigen.

»Ich sehe, gnädiger Herr,« rief sie schluchzend aus, »ich seh' es, Ihre Wut ist besänftigt, so gerecht sie war; ich unterstehe mich, zu hoffen, daß ich endlich noch Barmherzigkeit erhalte. Aber nein! – Übereilen Sie sich nicht. – So viele tugendhafte Mädchen wurden lasterhafte Frauen; lassen Sie mich versuchen, ob ich ein Beispiel des Gegenteils werden kann. Noch bin ich es nicht würdig, die Ihrige zu sein; aber nur die Hoffnung entziehen Sie mir nicht. Lassen Sie mich ferne von Ihnen wohnen, seien Sie wachsam auf meinen Wandel, und richten Sie mich dann! – Glücklich, ja unaussprechlich glücklich werd' ich sein, wenn Sie sich's nur zuweilen gefallen lassen wollen, daß ich vor Ihnen erscheinen darf. Nennen Sie mir einen düstern Winkel in Ihrem Hause, den ich bewohnen soll, ohne Murren will ich dort gefangen sitzen. – Schwachheit, Verführung, Ansehen, Drohungen haben mich zu dieser schimpflichen Tat hingerissen, aber lasterhaft bin ich niemals gewesen. – Wär' ich das, wie hätt' ich es wagen können, mich Ihnen zu zeigen, mit Ihnen zu reden! – Könnten Sie in meiner Seele lesen, könnten Sie sich überzeugen, wie meine vorigen Verbrechen ferne von meinem Herzen sind, wie abscheulich mir die Sitten derer sind, die ich einst meinesgleichen nannte. – Die Verführung hat meinen Wandel befleckt, aber mein Herz hat sie nicht vergiftet. Ich kenne mich, mein Herr. Hätte man mir Freiheit gelassen, nur ein Wort hätt' es mich gekostet, und Sie hätten um den ganzen Betrug gewußt. Entscheiden Sie nach Gefallen über mich. Rufen Sie Ihre Bedienten. Lassen Sie mir diesen Schmuck, diese Kleider abreißen. Lassen Sie mich in nächtlicher Stunde auf die Straße werfen. Alles, alles will ich leiden. Welches Schicksal Sie mir auflegen wollen, ich unterwerfe mich. Die Einsamkeit auf dem Lande, die Stille eines Klosters werden mich Ihren Augen auf ewig entreißen. Befehlen Sie, und ich gehe. Ihre Glückseligkeit ist noch nicht ohne Rettung verloren. Sie können mich ja noch vergessen.«

»Stehen Sie auf,« rief der Marquis mit sanfter Stimme, »ich vergebe Ihnen, stehen Sie auf. Mitten im gräßlichen Gefühl meiner erlittenen Schande vergaß ich es nicht, meine Gemahlin in Ihnen zu ehren. Kein Laut kam über meine Lippen, der Sie erniedrigt hätte, und wäre das, so bin ich bereit, es Ihnen abzubitten, und gebe Ihnen mein Wort, daß Sie keinen mehr hören sollen. Denken Sie stets daran, daß Sie Ihren Gemahl nicht unglücklich machen können, ohne es selbst zu werden. Seien Sie edel und gut – Seien Sie glücklich, und sorgen Sie dafür, daß auch *ich* es werde! Stehen Sie auf, ich bitte Sie – Sie sind nicht an Ihrer Stelle, Marquisin, stehen Sie auf! – – Steh auf, meine Gemahlin, und laß dich umarmen!«

Während das der Marquis sagte, lag sie noch immer, den Kopf auf seine Knie gebeugt, ihr Gesicht in seinen Händen verborgen; aber auf den Namen seiner Gemahlin sprang sie lebhaft auf, warf sich ihm um den Hals und drückte ihn mit wütender Entzückung in ihre Arme. Gleich darauf ließ sie von neuem ihn los, stürzte zur Erde und war willens, seine Füße zu küssen.

»Was sollen Sie,« unterbrach er sie sehr bewegt, »habe ich Ihnen nicht schon alles vergeben, warum glauben Sie mir denn nicht?«

»Lassen Sie, lassen Sie,« gab sie zur Antwort, »ich kann es nicht, ich darf es nicht glauben.«

»Bei Gott,« rief der Marquis, »ich fange an, zu mutmaßen, daß ich niemals bereuen werde. Diese Frau von P*** hat mir Verdruß und Leiden zugedacht, aber ich sehe ein, sie hat mir Seligkeit bereitet. Kommen Sie, meine Gemahlin. Kleiden Sie sich an, unterdessen daß ich Anstalten zu unsrer Abreise mache. Wir ziehen auf meine Güter, wo wir so lange bleiben wollen, bis die Zeit eine Rinde über das Vergangene gezogen hat.«

Drei ganze Jahre lebten sie ferne von Paris – das glücklichste Ehepaar ihrer Zeiten.

Leser oder Leserin – ich sehe dich bei dem Namen der Frau von P*** unwillig auffahren, ich höre dich ausrufen: Welche abscheuliche Frau! Welche Bübin und Heuchlerin! – Keine Aufwallung, lieber Leser, keine Parteilichkeit! – Laß die Wage der Gerechtigkeit entscheiden!

Schwärzere Taten, als diese waren, geschehen täglich unter dem Monde, nur mit weniger Absicht und Seele. *Hassen* und *fürchten* kannst du die Marquisin, doch *verachten* wirst du sie nie. Gräßlich und unerhört war ihre Rache, aber Eigennutz befleckte sie nicht. Hätte diese Dame eben das und noch mehr getan, ihrem rechtmäßigen Gemahl Belohnungen auszuwirken – hätte sie ihre Tugend einem Staatsminister oder auch nur seinem ersten Schreiber geopfert, ein Ordensband oder ein Regiment für ihn zu erwuchern – hätte sie sich einem Pfründenvergeber für eine reiche Präbende überlassen, das alles würdest du sehr natürlich finden, die Allgewalt der Gewohnheit spräche dafür. Aber jetzt – jetzt, da sie an einem Treulosen Rache nimmt, empören sich deine Gefühle. Nicht, weil dein Herz für diese Handlung zu weich ist – weil du es der Mühe nicht wert achtest, in die Tiefe ihres Kummers hinabzusteigen, weil du zu stolz bist, weibliche Tugend anzuerkennen, findest du ihre Ahnung abscheulich. Hast du dich auch wohl erinnert, welche Opfer sie ihrem Liebling gebracht hat? – Ich will nicht in Anschlag bringen, daß ihre Schatulle jederzeit die seinige war, daß er jahrelang ihre Tafel genoß, jahrelang in ihrem Hause wie in dem seinigen aus und ein ging – Vielleicht spottest du darüber – aber sie hatte sich zugleich nach allen seinen Launen geschmiegt, hatte seinem Geschmacke sklavisch gehuldigt; ihm gefällig zu sein, hatte sie den ganzen Plan ihres Lebens zerstört. – Ganz Paris sprach ehedem mit Ehrfurcht von ihrer Tugend – jetzt war sie, ihm zu Lieb', zu dem gemeinen Haufen heruntergestürzt. Jetzt murmelte die Verleumdung sich in die Ohren: Endlich ist diese P***, dieses Wunder der Welt, geworden wie unsereine! – Sie hatte dieses höhnische Lächeln mit ihren Augen gesehen, diese Schmähreden mit ihren Ohren gehört und oft genug mit Schamröte den Blick zur Erde geschlagen. Jede Bitterkeit hatte sie verschlungen, welche die Lästerung für eine Frau in Bereitschaft hat, deren fleckenfreie Tugend die benachbarten Laster um so sichtbarer machte – Sie hatte das laute Gelächter ertragen, womit sich der mutwillige Haufe an den lächerlichen Spröden rächt, die ihre Tugend marktschreierisch an alle Pfeiler schlagen. – Stolz und empfindlich, wie sie war, hätte sie lieber in toter Dunkelheit ihr Leben hinweggeseufzt, als noch einmal den Schauplatz einer Welt betreten, wo ihre verscherzte Ehre nur schadenfrohe Lacher, ihre verschmähte Liebe nur peinigende Tröster fand. Sie näherte sich einer Epoche, wo der Verlust eines Liebhabers nicht so schnell mehr ersetzt wird – ein Herz wie das ihrige konnte dieses Schicksal nur in gramvoller Einsamkeit ausbluten.

Wenn ein Mensch den andern eines zweideutigen Blicks wegen niederstößt, warum wollen wir es einer Frau von Ehre zum Frevel machen, daß sie den Verführer ihres Herzens, den Mörder ihrer Ehre, den Verräter ihrer Liebe – einer Buhldirne in die Arme wirft? Wahrlich, lieber Leser, du bist ebenso streng in deinem Tadel, als du oft in deinem Lobe flüchtig bist. Aber, wirfst du ein, nicht die Rache, nur die Wahl der Rache find' ich so verdammenswert. Mein Gefühl sträubt sich gegen ein so weitläufiges Gewebe durchdachter Abscheulichkeit, gegen diese zusammenhängende Kette von Lügen, die beinahe schon ein Jahr dauerte. – Also der ersten augenblicklichen Aufwallung vergibst du alles, wie nun aber, wenn die erste Aufwallung einer Frau von P*** und einer Dame ihres Charakters ihr ganzes Lebenlang währte?

Ich sehe hier nichts als eine Verräterei, die nur weniger alltäglich ist; und willkommen sei mir das Gesetz, welches jeden gewissenlosen Buben, der eine ehrliche Frau zu Fall bringt und dann *verläßt,* zu einer Dirne verdammt – den gemeinen Mann zu gemeinen Weibern.

Diderots ganze Beredsamkeit wird dennoch schwerlich den Abscheu hinwegräsonieren, den diese unnatürliche Tat notwendig erwecken muß. Aber die kühne Neuheit dieser Intrige, die unverkennbare Wahrheit der Schilderung, die schmucklose Eleganz der Beschreibung haben mich in Versuchung geführt, eine Übersetzung davon zu wagen, welche freilich die Eigentümlichkeit des Originals nicht erreicht haben wird. Das Ganze ist aus einem (so viel ich weiß, in Deutschland noch unbekannten) Aufsatz des Herrn Diderot: »Jakob und sein Herr oder der Fatalismus« genannt. Der Freiherr von Dalberg zu Mannheim besitzt die Originalschrift, und seiner Gefälligkeit danke ich es auch, daß ich in dieser Thalia Gebrauch davon machen durfte.

Eigene Buchreihe oder eigenen Verlag gründen

Seit 2009 bietet tredition sein Verlagskonzept auch als sogenanntes "White-Label" an. Das bedeutet, dass andere Unternehmen, Institutionen und Personen risikofrei und unkompliziert selbst zum Herausgeber von Büchern und Buchreihen unter eigener Marke werden können. tredition übernimmt dabei das komplette Herstellungs- und Distributionsrisiko.

Zahlreiche Zeitschriften-, Zeitungs- und Buchverlage, Universitäten, Forschungseinrichtungen u.v.m. nutzen diese Dienstleistung von tredition, um unter eigener Marke ohne Risiko Bücher zu verlegen.

Alle Informationen im Internet: **www.tredition.de/fuer-verlage**

tredition wurde mit mehreren Innovationspreisen ausgezeichnet, u. a. mit dem Webfuture Award und dem Innovationspreis der Buch Digitale.

tredition ist Mitglied im Börsenverein des Deutschen Buchhandels.

Dieses Werk elektronisch lesen

Dieses Werk ist Teil der Gutenberg-DE Edition DVD. Diese enthält das komplette Archiv des Projekt Gutenberg-DE. Die DVD ist im Internet erhältlich auf **http://gutenbergshop.abc.de**

MIX

Papier | Fördert
gute Waldnutzung

FSC® C083411

Zeitfracht Medien GmbH
Ferdinand-Jühlke-Straße 7
99095 Erfurt, Deutschland
produktsicherheit@kolibri360.de